HARRAP'S

TRAQUE EN CORNOUAILLES

Paul Thiès

Direction de la publication
Carine Girac-Marinier

Direction éditoriale
Claude Nimmo

Direction éditoriale adjointe
Julie Pelpel-Moulian

Édition
Marie Gabiache

Direction artistique
Uli Meindl

Mise en pages
Marie-Noëlle Tilliette

Informatique éditoriale
Dalila Abdelkader, Philippe Cazabet, Sharareh Maljaei

Lecture-correction
La Machine à Mots

Illustrations
Pascal Phan

Fabrication
Rebecca Dubois

21 rue du Montparnasse
75283 Paris Cedex 06

ISBN : 978-2-81-870526-1

LES PRÉDICTIONS DE BLACK THE CAT 7

L'AMÉRICAIN DE LAND'S END 12

MAËL 18

QUERELLES 28

MORT SUR LA LANDE 35

LA CRYPTE 39

LE RÉCIT DE LAZARO 48

LA BATAILLE DE LA CRYPTE 55

ENTERS SCOTLAND YARD 60

LEXIQUE 69

Let's start reading English!

Grâce à ce roman qui mélange français et anglais, s'initier à la langue de Shakespeare est un jeu d'enfant !

Un lexique à la fin, regroupant les expressions et les mots les plus courants de la langue anglaise, vous permettra de mémoriser le vocabulaire essentiel et de mieux comprendre les enquêtes de nos jeunes héros.

L'Éditeur

Sur l'Auteur

Né en 1958, Paul Thiès a grandi aux quatre coins du monde, avant de s'installer à Paris. Aujourd'hui, il se consacre à l'écriture de romans pour la jeunesse.

Black the Cat et Paul Thiès dédient ce livre
à Caroline Westberg.

LES PRÉDICTIONS DE BLACK THE CAT

Je m'appelle Morgane Le Faou et je suis encore plus bretonne qu'une collection de menhirs. J'ai les yeux et les cheveux bruns ; les cheveux longs, les yeux brillants. J'aime m'habiller en brun, en rouge et en jaune, comme les fées de l'automne.

Mon père me juge trop triste. Avant, ma mère me jugeait trop timide. Mes amis…

Mes amis, voilà le problème ! ***That's the big problem***, dirait Black the Cat.

Black the Cat est mon meilleur ami, justement, et en général, il parle anglais. Vous saurez bientôt pourquoi...

Black the Cat parle donc anglais ***(with a British accent!)*** mais ce n'est pas grave puisque Black the Cat n'existe pas. Comme son nom l'indique, il s'agit d'un chat noir imaginaire. Il se promène dans ma tête avec ses pattes de velours, ses yeux d'émeraude.

Je n'ai pas d'amis humains, ni d'amies d'ailleurs. C'est comme ça. Je n'ai ni frère ni sœur et, plusieurs mois par an, pas de maison non plus.

Mes parents exploitaient une ferme entre Vannes et Lorient, face à la mer. Ils travaillaient dur et ne gagnaient pas des fortunes.

Maintenant, l'été, mon père confie la ferme à un de ses cousins. Il quitte la maison et vagabonde sur les routes, le sac au dos. Il m'emmène souvent avec lui.

Cette année, papa assistera au ***Land's End Event***, un festival rock qui se déroule sur la côte de Cornouailles, en Angleterre. Un vague copain dont il ne se souvient même plus lui a envoyé des billets gratuits.

La Cornouailles ressemble beaucoup à la Bretagne : des plages et des landes, des maisons blanches et grises, des histoires de pirates. L'Ankou s'y promène sans doute, comme chez nous. L'Ankou, c'est le valet de la Mort. Il est maigre, le visage grisâtre, les yeux profondément enfoncés dans leurs orbites. Il vaut mieux l'éviter...

La nuit dernière, j'ai rêvé de Black the Cat, perché sur un rocher moussu. Il m'observait fixement :

– ***Morgane, you are going on a trip soon, I know it. You will be crossing the Channel this time. But beware of the Cursed One.***

– ***The Cursed One?*** Me méfier du Maudit ? Qui est-ce ?

– ***Well, the Deadly One. The Ankou, as you call it.***

– Tais-toi, Black. Tout se passera bien !

– ***You are going to Cornwall***, répond Black the Cat. ***Well, have a safe trip, Morgane. He is waiting for you.***

– Qui ? Qui m'attend en Cornouailles ?

Black the Cat tord sa queue soyeuse comme s'il s'agissait d'un point d'interrogation. Il fait souvent ça.

– ***A new friend is waiting for you***, répète-t-il, ***near the ocean. Right now, he's walking along the shore, and looking this way. But... be careful Morgane: death and crime are waiting for you too...***

« Quelqu'un m'attend sur la plage et en ce moment, il regarde dans ma direction. Mais la mort et le crime m'attendent aussi… ». C'est triste mais c'est beau…

Black me sourit et s'évapore, comme le **Cheshire Cat** d'Alice au pays des merveilles. J'entends le bruit des vagues.

Black the Cat est un peu sorcier. Je le crois. Quelqu'un m'attend en Cornouailles…

L'AMÉRICAIN DE LAND'S END

Je suis épuisée ! Papa et moi avons quitté la ferme depuis deux semaines, traversé la Manche en ferry, dormi chez des copains à lui, ou sous la tente. Papa allume alors un feu de camp, coupe le pain et le saucisson avec le couteau de chasse qui ne le quitte jamais. Une tête de caribou orne le manche de bois. Papa l'a gagné au poker et au Canada, une phrase qui ne plairait pas à ma prof de français.

D'autres routards nous rejoignent : des barbus et des barbares, des sympas et des paumés, des sinistres et des soiffards.

Le matin de notre arrivée, un colosse au nez cassé fonce vers mon père et tonne :

– ***Joe! Joe! What a surprise! Do you remember me?***

– Hum… marmonne papa d'un air désemparé.

Papa s'appelle Josselin (d'où « Joe »), mais il ne parle pas l'anglais comme moi. Le routard continue à la vitesse d'une mitraillette :

– *Joe! You look good! Strong as an ox!*

– *I'm sorry*, s'excuse mon père, *I don't remember you.*

L'autre éclate d'un rire grinçant :

– *You don't, do you? I'm Gregory Denver from San Diego, California. I used to be a fisherman but now I prefer to travel the world. We met five years ago, near San Francisco, during the Summer Festival. What a summer! A million people in the streets! We were so young!*

Un ancien pêcheur de Californie devenu routard ? Il n'a pas la tête de l'emploi...

L'Américain grimace et continue :

– *What a party! We drank lots of beer then. Yes, we drank for an entire week, every night until the break of day. And on the last day, we sang "The Marseillaise" in the streets long after midnight, remember?*

Je rigole sous cape et glisse à mon père :

– Alors tu buvais des litres de bière à San Francisco, du crépuscule à l'aube ? Et tu chantais la Marseillaise dans les rues, bien après minuit ? C'est pas sérieux !

– Pas sérieux… répète Greg Denver d'une voix assez pâteuse. *Don't say that. Your father is a funny guy, funny but honest. Mark my words: I never forget a face, especially one like your father's...*

Hum… L'ancien pêcheur a déjà trop bu. Il traite papa de « type marrant » mais ça ne sonne pas sincère. Et cette façon de dire qu'il n'oublie jamais un visage honnête… Papa, lui, fixe Denver avec une expression bizarre. Je sens de l'inquiétude, de l'hostilité !

Et soudain, Black the Cat surgit dans mon esprit... Il feule, gronde et martèle :

« *Death... Death! DEATH!* »

L'Ankou, le Maudit, *The Cursed One...* Papa essaie de distancer l'Américain, en vain. L'autre s'accroche à nous, le regard froid, menaçant.

La foule augmente. Des dizaines de routards, Français et Anglais, Américains, Brésiliens, Asiatiques nous entourent, bavardent, rigolent, se plaignent. Ils parlent presque tous anglais.

– ***What a crowd!*** marmonne un chevelu à l'accent australien. ***I'm awfully thirsty. I'd do anything for a beer!***

Un autre ajoute :

– ***Me too! I need a good beer, a comfortable armchair, and a big serving of fish and chips...***

– ***Well, I just need a comfortable bed***, réplique un Écossais en roulant les « r », ***I'm exhausted.***

– ***I have a headache, my back is full of knots, my mouth is dry, my feet are burning!*** ronchonne une fille aux cheveux vert pomme.

La tête douloureuse, le dos rempli de nœuds, la bouche, les pieds brûlants… Pauvre fille, elle ferait mieux de rentrer chez elle et de jouer aux dominos !

Certains des routards fredonnent des chansons a cappella. L'une d'elles, interprétée par Mort Shuman, parle du chagrin, comme si Black the Cat m'envoyait un nouvel avertissement :

« ***Sorrow late at night***
Like a ship without a sailor
That's how I am when I'm not in your arms... »

Je me sens, moi aussi, « semblable à un navire sans matelot, privée des bras de mon amoureux »...

Je n'ai pas d'amoureux ! Pourtant, la voix de Black the Cat résonne dans mon esprit :

– *Be careful, Morgane, be vigilant. The fateful moment approaches. Love is waiting for you, Morgane, your first true love. But sorrow and death are waiting, too, somewhere along your path...*

L'amour m'attend, mon premier vrai amour ; mais la mort et le chagrin aussi, quelque part sur mon chemin.

MAËL

Le festival se déroulera sur une scène en construction, près de la falaise. Une vingtaine d'ouvriers s'activent sur les échafaudages. Ils crient à tue-tête :

– ***My hammer! Where is my hammer?***

– ***Hey! Can you go down and bring me back a handful of nails? I just used the last one!***

Qu'ils se débrouillent avec leurs marteaux et leurs clous ! Je balaie la lande du regard. Deux grands bâtiments se dressent de chaque côté de la future scène. À droite, une abbaye en ruines où gémissent sûrement des moines fantômes plus maudits les uns que les autres. ***The ghost monks***!

À gauche s'élève un hôtel absolument délirant, avec tours et tourelles, balcons et balustrades, clochers et girouettes, des escaliers dans tous les sens et des caves dans tous les coins, sans compter (j'imagine) les greniers et les cryptes remplies de squelettes. Deux aigles de pierre surmontent le portail de l'entrée et les mots : ***OLYMPUS HOTEL***.

Olympus Hotel

L'hôtel de l'Olympe ! Rien que ça…

Papa, ce satané Greg Denver et moi nous dirigeons vers l'entrée, histoire de voir si les prix nous conviennent. Juste à temps : il se met à pleuvoir !

Of course! ajouterait Black the Cat en marmonnant dans sa moustache. **British weather! Don't worry, Morgane, a little rain is good for your health.**

J'éternue et grommelle :

– Fichu climat…

Et je LE vois !

Un adolescent de mon âge, sac au dos, pâle et fatigué. Son anorak informe et ses lourds souliers de marche lui donnent l'air d'un enfant de troupe des temps passés, d'un enfant perdu.

Il a rabattu son capuchon sur sa tête à cause de la pluie mais je distingue quand même son visage. Yeux bleus et inquiets, les traits tirés par la fatigue, la peau claire et douce, de longues mèches de cheveux blonds qui tombent sur son front. Il est beau.

C'est lui, le garçon annoncé par Black the Cat ! Il suit un homme robuste aux courts cheveux roux, barbe au vent et treillis délavé, probablement son père.

Autour de nous, les routards hurlent toujours :

– *Hey! I need two rooms, and cheap ones. What are your rates?*

L'employé chargé de distribuer les chambres, un maigrichon à lunettes embusqué derrière un immense comptoir de bois massif, n'a pas le temps de répondre. Les clients éventuels rugissent de plus belle :

– *The rates! The rates!*

– *Not in British pounds! Give me the rates in Australian dollars.*

– *Yes! And for me, in CANADIAN dollars! I'm from Manitoba!*

– *There are five of us, and we need a lot of space. Your biggest suite. And quickly! We're tired of waiting. It is awfully cold in here.*

– *What's on the menu? Can you get us Mexican beers? They are the best, you know.*

– ***Yes, three packs of beer, and can you add a few bottles of ale?***

Ils ne pensent qu'à boire ! Pourtant, il y en a au moins un qui est poli ! Un vieux type avec une tête de girafe, une casquette de tweed, l'accent d'un lord du siècle passé. Il sourit gentiment au maigrichon à lunettes (qui s'appelle Mortimer, d'après l'étiquette accrochée au revers de sa veste) et s'excuse aimablement :

– ***We are a bit demanding, aren't we? Sorry about that, old fellow, but the weather is so cold and wet... It reminds me of my cricket days at Oxford.***

Un joueur de cricket. Ce type parle comme un dictionnaire, avec un accent ultra-distingué. Il débarque sûrement d'Oxford ou de Cambridge, les prestigieuses universités. Les autres clients braillent de plus en plus fort. Deux filles un peu plus âgées que moi, sûrement deux sœurs, improvisent un duo comique :

– ***My God...*** se lamente l'aînée, ***I'm so tired...***

– ***I'm exhausted***, renchérit la cadette.

– ***I'm dying...***

– ***I'm DEAD!***

– ***STONE dead!***

– ***The UNDERTAKER is coming for me...***

– ***I'm on my DEATHBED***, assure l'aînée.

– ***I'm already in my COFFIN! In the GRAVEYARD!*** renchérit la cadette.

Les routards rient de bon cœur. Moi aussi, au début, mais les mots « mort », « fossoyeur », « lit de mort », « cercueil », « cimetière » m'impressionnent. Je songe aux avertissements de Black the Cat.

Apparemment, l'*Olympus Hotel* existe depuis la grand-mère de Vercingétorix et il n'a même pas de site Internet. Pourtant, tous ces types le connaissent de réputation. La bousculade augmente. La fille qui avait mal partout gémit :

– ***It's like a riot in here! I can't take it anymore!***

Une émeute ? C'est vraiment une jeune femme délicate ! Je me faufile près du garçon et lui lance :

– ***Hi! Nice to meet you. I'm Morgane. What's your name? Are you British?***

– Non, ***no***, répond-il d'une voix incertaine. ***I'm French. From Brittany. This is my first trip to***

Cornwall. My name is Maël. Sorry, my English is not very good...

J'éclate de rire et frappe dans mes mains :

– *Brittany?* Ça alors ! Tu es breton comme moi ! Formidable !

Les tarifs de l'hôtel de l'Olympe sont super cheap, de vrais soldes. Mon père, celui de Maël, Greg Denver et un demi-million d'autres routards foncent à travers les couloirs aux sombres boiseries et se répartissent les chambres. Papa et moi héritons d'un genre de cellule plutôt spartiate mais…

Joy! Victory! Happiness! Glory! Words fail me...

Maël et son père logent à trois portes de nous ! J'en profite dès que papa défait son barda. Je rejoins Maël et déclare sans reprendre haleine :

– *Well, Maël, I know your name but not your surname.*

– Mon surnom ? Mais…

– *Sorry.* Excuse-moi. J'essaie toujours d'améliorer mon anglais… *Surname*, ton nom de famille.

– Oh ! Je m'appelle Maël de Gorvello. Mon père exploite une ferme du côté de Plougastel. Il produit des fraises. Heu... ***strawberries***, je crois.

– Ah oui ? C'est marrant, mon père est fermier aussi...

Je n'ai pas le temps de continuer. Des cris sortent de notre chambre. Je reconnais les voix de papa et de Greg Denver qui l'a rejoint.

– ***You are a crook!*** hurle l'Américain. ***You are a thief! I want my money back.***

– Moi, un escroc, un voleur ? ***Are you crazy?*** réplique mon père avec son accent à couper au couteau. ***I don't know what you're talking about. Leave me alone, Greg.***

– ***I'm warning you***, Joe, répond l'autre d'une voix menaçante. ***I'll give you a few hours to pay me back.***

Maël et moi échangeons un regard inquiet.

– C'est qui, ce type ?

– Je ne sais pas...

Mon père s'écrie :

– Va-t'en au diable ! ***Go to hell! Get lost! I don't want anything to do with you. You are a stupid bum, a brainless monkey, a loser!***

Je traduis machinalement ses derniers mots. Un vagabond stupide ? Un singe sans cervelle ? Un perdant ? Je ne savais pas mon père aussi doué en anglais.

– ***Don't be silly***, Joe, réplique l'Américain. ***Our meeting is no coincidence. I've been looking for you for more than a year. You won't get away from me again. I'm not going back to California, not without my money. I repeat for the last time: I want my money back.***

« ***Our meeting is no coincidence...*** » J'avais donc raison : Denver s'est arrangé pour rencontrer papa. Pour ne pas rentrer les poches vides en Californie. C'est louche et plus que louche !

– ***I don't know anything about your damn money***, grogne mon père.

– ***Be careful, my friend***, menace Denver. ***We wouldn't want anything to happen to your pretty little daughter.***

– Morgane ? gronde papa en revenant brusquement au français. Tu parles de ma fille ? Tu la menaces ? Tu n'oserais pas.

Il hurle en anglais :

– ***Don't you dare threaten my daughter! Ever! Ever again!***

– ***It is not a threat... not yet***, grince Denver. ***She's very pretty, your daughter***, insiste-t-il. Très jolie… mais il pourrait lui arriver… ***well… an accident***.

Je frissonne malgré moi. Maël me serre la main et murmure :

– Ne t'inquiète pas…

Drôles de vacances ! J'arrive à peine et j'ai déjà un ennemi mortel et un prince charmant…

QUERELLES

Le lendemain matin, la pluie a cessé. Je me lève très tôt, avale trois œufs au bacon et me balade un moment dans les jardins de l'hôtel, mélancoliques, presque abandonnés. J'aperçois une statue d'Apollon cernée de roses sauvages, une autre d'Artémis, la Lune, près d'un large bassin de pierre.

Les premières feuilles mortes voltigent autour de moi. Je m'approche d'une autre statue : Hadès, le dieu des Enfers, avec Cerbère, le chien à trois têtes assis à ses pieds.

– Morgane ! s'écrie une voix fraîche derrière moi.

Maël ! Il m'adresse un salut théâtral et me demande de sa voix la plus distinguée :

– *May I tell you how honoured I am to be in your presence, my sweet lady?*

Il a sûrement préparé sa phrase pendant des heures ! Je lui adresse un large sourire. Nous nous installons sur un banc moussu, juste en face de Cerbère qui, du coup, me paraît presque sympathique. Je ne lui caresse pas la (les) truffe(s) en lui disant : « *You are a cute little dog* », mais c'est tout juste !

Maël et moi avons des tas de points communs. Il est fils unique comme moi, son père est fermier, comme le mien, et un routard acharné.

Je me sens si bien avec lui que je lui avoue mon grand malheur : maman est morte il y a longtemps, tuée dans un accident de voiture. Elle était anglaise, c'est pour ça que j'utilise souvent cette langue, surtout avec Black the Cat. Il est génial, même s'il n'existe pas. Il paraît que mon arrière-arrière-quelque-chose-grand-mère (ça date au moins du Moyen Âge !), une certaine Sara l'Étrange, passait sa vie entre un corbeau magique et un chat sorcier. Mais MON Black the Cat est sûrement bien plus savant !

Pouf ! Il apparaît d'un seul coup, perché sur la tête d'Hadès ! Cerbère s'en étrangle d'indignation.

– *Thank you, my dear Morgane!* ronronne-t-il. *I'm flattered. You know, cats are very proud people. Well, I'm not exactly a human being, so... cats are very proud ANIMALS.*

Pour une fois, je réplique en anglais :

– ***But you are not really a cat. You are a tiger! A fierce one!***

– ***Really?*** se rengorge Black. ***Tigers are beautiful! I like their fur with all those black and yellow stripes... I presume that my great-great grandfather was a tiger with big jaws and VERY big claws!***

Je lui souris. J'ai du mal à l'imaginer avec de larges mâchoires et des griffes de tigre, genre Shere Khan. Il me rappelle plutôt la bande dessinée *Calvin et Hobbes*, avec le tigre en peluche qui devient vivant.

– Ça va ? s'inquiète Maël, qui ne voit pas Black.

Je hoche la tête, émue par ses yeux clairs. Je devine qu'il est doux et patient. Un jour, je lui lirai les poèmes que j'apprécie le plus et il les aimera aussi. Peut-être verra-t-il à son tour mon chat magique ?

Black the Cat me fixe avec malice.

– ***You are really in love, aren't you? Well, don't waste your time with me, Morgane. Maël is probably anxious for a little chat with you; or, rather, a LONG chat with you. So enjoy the conversation, Morgane. We will meet again soon. But...***

Ses yeux prennent soudain un reflet cruel :

– *Death is coming...*

J'ai lu dans une revue que les orphelins et les enfants malheureux s'inventent des amis imaginaires. Black devine mes désirs, puisqu'il EST moi. Il savait que je rêvais d'un garçon comme Maël...

Des routards se baladent dans les jardins jonchés de feuilles mortes. Certains accordent leur guitare, improvisent des refrains, répètent leurs airs favoris. Deux jeunes ouvriers en salopette bleue et bonnet de laine manient de lourdes brouettes remplies de pierres. Ils réparent un des murets qui délimitent le domaine. Mortimer, l'employé maigrichon, les surveille. Le lord à tête de girafe fume sa pipe sous un palmier déplumé.

Des cris furieux éclatent derrière nous, près de la statue d'Apollon. Mon père et Denver se disputent à nouveau :

– *This is my last warning Joe*, glapit l'Américain. *I'll give you one more day, only ONE day, to give me my money back. Twenty-four hours, no more,*

no less. Remember: the deadline is ten o'clock tomorrow morning...

Papa ne répond pas. Maël saisit ma main, comme pour me protéger. Mortimer et ***Lord Giraffe*** s'éloignent, embarrassés. Denver continue :

– ***And remember, Joe, I'm not afraid of you. You are a wimp! I hate you!***

– Tais-toi, sale brute ! rugit enfin mon père.

Ils vont se battre ! À cet instant, les jeunes ouvriers abandonnent leurs brouettes et s'interposent. En fait, le plus mince des deux est une fille de mon âge. Ses cheveux blonds bouillonnent sous son bonnet de laine.

– ***Stop that at once!*** s'écrie-t-elle. ***If you start a fight here, the manager will call the police!***

L'autre, un garçon au teint très sombre, aux cheveux d'ébène, touche le bras de l'Américain et l'avertit avec l'accent des Antilles :

– ***Leave them alone. The manager doesn't have time for these thugs.***

– ***Don't touch me!*** rugit l'autre. ***Don't you dare!***

Le garçon se raidit, furieux. Denver essaie de le frapper, mais le garçon esquive le coup. Il tire de sa ceinture un cran d'arrêt et siffle :

– *Don't you dare talk to me like that! I can kill you if I want to.*

Il l'a menacé de mort ! J'en reste sans voix ! D'où sort ce garçon ?

Mortimer, Lord Giraffe et d'autres clients reviennent sur leurs pas, l'air intrigué. Mon père lance rageusement à son adversaire :

– *I can kill you too, Denver, so leave me and my daughter alone.*

– *Daughter?* souffle Maël d'une voix inquiète. Il parle de toi, là ?

Tout le monde me regarde. J'aimerais bien être ailleurs, à la maison, devant la cheminée, Black the Cat sur les genoux… et Maël près de moi.

MORT SUR LA LANDE

À l'aube, la brume recouvre la lande. J'entrevois, au loin, la masse confuse de l'ancienne abbaye. Des sirènes hurlent dans la pénombre. Maël et moi avions rendez-vous dans le parc…

Greg Denver, l'Américain, est mort. Il gît à nos pieds, devant la statue d'Hadès, un couteau planté dans la poitrine. Les têtes de Cerbère hurlent en silence.

L'Ankou est bel et bien passé…

Les sirènes se rapprochent.

– La police ! s'écrie Maël. Et s'ils nous soupçonnent ?

– Nous ?

Le feulement de Black the Cat explose dans ma tête :

– ***You are not guilty, Morgane! But the police will suspect your father. Look at the knife. The KNIFE, in his chest!***

Je me force à regarder le corps et je reconnais l'arme du crime : le couteau de mon père, le couteau de chasse orné d'une tête de caribou !

– Papa ! Je dois l'avertir.

– Tu… tu crois ? marmonne Maël. Hum… Il est peut-être… dangereux ?

J'explose de rage :

– Papa ? Dangereux ? Tu es fou ! C'est mon père !

Des tas de gens surgissent du brouillard : routards hirsutes, employés terrifiés, Lord Giraffe, Mortimer le maigrichon avec son air d'ahuri. Des policiers en uniforme courent vers nous ! Impossible de rejoindre papa.

Les ados d'hier sortent à leur tour de la brume. La fille nous lance :

– ***Come on! There is a hole in the wall. Let's go!***

– Un trou dans le mur ? s'étonne Maël.

– ***Yes! YES!*** miaule Black dans ma tête.

Et puis quoi encore ? Je ne vais quand même pas abandonner mon père pour suivre deux jeunes inconnus et un chat fantôme.

– ***Don't insult me!*** s'indigne Black the Cat. ***I may be a ghost cat, but I'm still your best friend. I'm REAL, in a funny sort of way. I'm real in YOUR HEAD, and that's what matters!***

Maël m'attrape par le bras et m'entraîne, comme s'il avait entendu Black ! Nous franchissons le mur et galopons à travers la lande pour échapper aux policiers. Le brouillard se referme sur nous.

– Où allons-nous ? halète Maël.

– ***To the ruins of the abbey***, réplique le jeune Antillais de sa voix chantante. ***There are lots of hideouts there.***

Une cachette dans les ruines…

LA CRYPTE

L'abbaye abandonnée est lugubre, le ciel sombre et sinistre. Une rafale de pluie balaie la lande. Si j'osais (mais j'ai peur de vexer Black), j'utiliserais l'expression anglaise : « ***It's raining cats and dogs...*** »

Les mystérieux ados nous entraînent dans des galeries à moitié effondrées, des cloîtres envahis par les chardons.

– ***There are four of them***, annonce le garçon.

– ***Four what?***

– ***Four cloisters!*** intervient la fille, ***one cloister for each of the four Evangelists. Saints John, Luke, Matthew and Mark.***

Elle hoche la tête et continue :

– ***You can see their symbols carved in stone: John's eagle, Luke's ox, Matthew's angel and Mark's lion. I learned about them at Sunday School.***

Je jette un coup d'œil aux statues de pierre que la fille me désigne au passage. Je me rappelle vaguement, moi aussi, de mes séances de catéchisme.

Les quatre Évangélistes et leurs symboles, sculptés dans la pierre. Drôle de façon de faire du tourisme...

Je pense à papa entre les griffes de la police. J'imagine les inspecteurs de Scotland Yard regroupés autour de lui, tour à tour insinuants et accusateurs.

– *Be reasonable, Mr. Le Faou. We have been in the crime business for years. You can't fool us.*

– *It's late. We all want to go home.*

– *So confess, Frenchie. You know you will. Yes, you will confess, sooner or later.*

Les policiers ne le lâcheront pas tant qu'il n'aura pas avoué. C'est toujours comme ça dans les films !

– *Don't lie to us, Frenchie... We know all about your kind. We make people like you confess all the time!*

– *Every DAY!*

– *You killed that man, Denver. Why?*

– *The victim, the dead man, the corpse...*

– *Yes... Poor devil! You killed him in cold blood, didn't you? No? Maybe it was self-defense? In that case, it wouldn't be so serious.*

– C'est ça… *Not so serious, not so bad...* Pas trop grave. Hum... *Self-defense*, légitime défense, concède un des inspecteurs.

– *Who was Greg Denver to you?* demande un autre pour la millième fois. *An old enemy? A rival? Did you owe him some money?*

– *From a robbery? A bank robbery, maybe?*

– *Or drug money? We already have too many smugglers in Cornwall. We don't need foreigners, too.*

– *For the last time! Confess, and we can all go home!*

Ils cernent mon père, l'accablent de questions, le traitent de voleur de banque ou de contrebandier, se relaient, se renvoient la balle, sans jamais le laisser se reposer.

– *Explain yourself, Frenchie. What was your motive? Money? Love? Politics?*

– *Some old debt?*

– *And what about the weapon?*

Le chef des inspecteurs, le visage plongé dans l'ombre, demande enfin d'un ton détaché :

– ***How do you say that in French? The weapon...*** L'arme. ***The knife...*** Le couteau. ***It's an important clue, you know.***

Bien sûr que c'est un indice important ! Mais dans mon esprit, papa hurle :

– ***I am NOT guilty! I was in my hotel room sleeping at the time of the murder! I know nothing! Leave me alone. I just want to talk to my daughter.***

La voix de Maël m'arrache à mes sinistres rêveries.

– Qu'est-ce qu'on fiche ici ? Retournons à l'hôtel. Mon père doit s'inquiéter.

– ***The stairs!*** annonce brusquement le jeune Antillais.

Un escalier en colimaçon s'enfonce sous terre, au sud du cloître de saint Luc. Des rosiers sauvages cachent les marches de pierre usées par le temps, les rendant pratiquement invisibles.

Nous aboutissons dans une crypte curieusement aménagée : de vieux tapis, une table de fer et une autre de plastique blanc, des chaises, des sacs de couchage roulés dans un coin, deux gros réchauds à pétrole. Des étagères de fortune supportent un peu de vaisselle, des boîtes de conserve, une lampe-tempête, des paquets de biscuits…

Nous nous installons sur les chaises et reprenons notre souffle. Le garçon ouvre des cannettes de soda qu'il distribue à la ronde.

– ***We can stay here for a while***, annonce-t-il. ***This place is perfectly safe.***

– Mais QUI êtes-vous ? gémit Maël. Heu… ***Who are you exactly? Do you speak French?***

– ***Of course!*** affirme la fille. ***Well, a few words, like*** « bonjour » ***and*** « bonsoir », ***and things like that, but we prefer to speak English. Honestly, my French isn't very good. I really don't understand your grammar.***

Le garçon sourit, m'adresse un salut étonnamment raffiné et demande :

– ***May I introduce myself? My name is Lazaro, Lazaro…***

Il s'apprête à prononcer son nom de famille mais sa compagne lui coupe la parole.

– *Lazaro is fine for now*, intervient la fille. *We don't need to tell them our last names. My name is Juliet.*

Elle refuse de révéler leurs noms. Bizarre. Je m'enquiers d'une voix innocente :

– *So do you work here? I mean, not here exactly, but at the hotel?*

– *Well, yes*, réplique Juliet d'un ton vague.

– *We are cousins, you know*, intervient Lazaro.

Cousins, ces deux-là ? C'est curieux, pour trois raisons.

Number one: Juliet est plus blonde que les blés et Lazaro a la peau très sombre et des yeux de charbon (de beaux yeux, d'ailleurs, ils lui donnent un air romantique).

Number two: leurs prénoms. Juliet, ça vient tout droit de Shakespeare mais Lazaro, ce n'est pas tellement courant et c'est de l'espagnol. En anglais on dit Lazarus. Cela se ressemble, évidemment, mais ça sonne bizarre. Remarquez, des tas de parents donnent des prénoms exotiques à leurs enfants.

Number three, the main clue, last but not least, bref, le détail le plus important : les intonations des deux « cousins ». Elles ne collent pas.

Dans un roman français, quand un nouveau personnage entre en scène, on décrit son visage, ses cheveux, la couleur de ses yeux. Dans un roman anglais aussi, bien sûr, mais on y rajoute un détail capital : sa VOIX. Pour les Anglais, c'est super important. Or, la voix de Juliet ne correspond pas à celle de Lazaro, ce qui serait logique entre cousins. Elle possède une voix très distinguée, ***upper class***, comme on dit ici. Celle de Lazaro, par contre, est plus commune. Elle a, je l'ai dit, une trace d'accent antillais mais EN PLUS, un soupçon d'accent distingué. C'est comme s'il avait commencé son existence en Amérique, chez des gens pauvres ***(lower class)***, et qu'il vivait maintenant chez les privilégiés.

Je coupe peut-être les cheveux en quatre, je cherche midi à quatorze heures. Je ne devrais pas. Comme disent les Anglais : « ***Curiosity killed the cat...*** »

Justement ! Mon vieux Black the Cat me conseille en sourdine :

– *Go on, Morgane, don't worry about me. Go on, you are on the right track...*

LE RÉCIT DE LAZARO

Le froid persiste dans la crypte. J'entends vaguement, dehors, les corbeaux qui tournoient sur la lande.

– C'est quoi, cet endroit ? demande Maël. La cachette de Robin des Bois ?

– *No, no*, réplique Juliet qui comprend manifestement le français mieux qu'elle ne le parle. *It's a priest hole, built during the reign of Queen Elizabeth.*

– Qu'est-ce que la reine a à voir avec ça ? me demande Maël.

– Pas celle d'aujourd'hui, l'autre, Élisabeth Ire, pendant la Renaissance. Son règne a été le plus célèbre de l'histoire d'Angleterre. C'était l'époque de Shakespeare, entre autres, mais aussi celle des guerres de religion. Pour nous, cela correspond à la Saint-Barthélémy.

– Et alors ? insiste Maël.

– Élisabeth était protestante mais avant elle sa sœur aînée, Marie Tudor, était catholique. Et encore avant leur frère Édouard VI, qui a régné le premier, était protestant !

– Jamais entendu parler de lui, proteste Maël. Ils changeaient de religion à chaque fois ?

– Oui. Édouard VI est mort très jeune. Mais si tu as lu *Le Prince et le Pauvre* de Marc Twain, ou vu le film, tu le connais. C'est lui le Prince, dans l'histoire. Édouard, Marie et Élisabeth étaient les enfants d'Henri VIII Tudor, le roi aux six femmes. Ils se sont succédés sur le trône.

Je hoche la tête :

– La religion du pays changeait en effet à chaque nouveau règne, jusqu'à ce qu'Élisabeth impose le pour de bon le Protestantisme. Les prêtres se cachaient. Il existait donc des « ***priest holes*** », des « trous à prêtres » dans les châteaux ou sous les anciens monastères. Ils intéressent les touristes mais servent parfois à d'autres choses : trafic d'armes, trafic de drogue, contrebande. Cet endroit est peut-être lié au meurtre.

Maël et moi nous tournons vers les deux « cousins ». Juliet nous comprend, Lazaro a plus de mal.

– *You are right, Morgane*, m'approuve Juliet. *There is a lot of trafficking around here indeed. It's a million-pound business.*

Des millions de livres ? Ça alors ! Je réplique aussitôt :

– *Yes? But what kind of trafficking? Weapons? Drugs from Asia or America?*

– *No, no*, assure Juliet, *it has nothing to do with drugs. It's counterfeit money.*

– De la fausse monnaie ?

– *Yes, all kinds of currency. Pounds, euros, dollars and so on. It's an international gang with branches all over the world, in Western Europe, Russia, the United States, South America, and even China. These men are very dangerous.*

Hum… J'aime bien manger de la pieuvre *(octopus)* au dîner, mais affronter un genre de mafia, ça ne m'emballe pas vraiment. Papa est-il impliqué dans ce trafic ?

– *What about my father? Is he involved?*

Juliet ordonne à son cousin :

– *Tell her.*

Lazaro hésite puis commence de sa voix chantante :

– *Well... You should know that I am not really Juliet's cousin. I never knew my real parents. I was an orphan at the time, a street urchin, in Mexico City. It's a very dangerous town, one of the worst in the world.*

J'explique à Maël :

– Il est orphelin. Il vient des rues de Mexico, une des villes les plus dangereuses du monde, une des pires.

Lazaro approuve de la tête et continue :

– *But this man, my father (my father now), Juliet's uncle, he was a rich doctor. He worked for a charity organisation that helped kids like me. He befriended me and eventually he adopted me. But I remember my days in the streets well...*

Je résume pour Maël, toujours largué :

– Un riche médecin qui s'occupait des enfants des rues est devenu son ami et l'a adopté. C'était l'oncle de Juliet.

J'avais raison pour leurs voix ! Mais si la famille de Juliet est riche, pourquoi travaillent-ils à l'hôtel ?

– *Those were hard times!* poursuit Lazaro. Des temps… heu… une époque difficile. Et ton père... *I met him in Mexico City, in one of the poorest parts of town. A slum.*

– Un bidonville, précise Juliet.

– *Yes, Morgane, your father used to live there. And the dead American man, too! Of course, he was still alive then! I saw the two of them together.*

Je m'écrie malgré moi :

– Mon père et Denver ! Ils se connaissaient donc !

Je me souviens que papa a fait un long voyage au Mexique, il y a deux ans. Il en est revenu amaigri et soucieux. Je saisis le bras de Lazaro :

– Continue. *Go on!*

– Well… *to make a long story short, your father borrowed a lot of money from Denver. An envelope full of cash!*

– *Are you sure?*

– *Of course I'm sure!* s'indigne Lazaro. *I was working in a hotel at the time. I used to do the dishes, clean the rooms, wash and iron the guests' clothes, things like that.*

Je souris malgré moi en imaginant Lazaro faisant la vaisselle, nettoyant les chambres ou repassant les habits des clients.

Papa et Denver se connaissaient donc assez pour que l'Américain lui prête de l'argent. Et si mon père ne l'avait jamais remboursé ? J'imagine la suite avec horreur : un rendez-vous au pied de la statue d'Hadès, une dernière dispute, papa empoignant son couteau…

LA BATAILLE DE LA CRYPTE

La journée s'écoule lentement. Le « **priest hole** » est finalement confortable. Les réchauds à gaz répandent une chaleur agréable et Lazaro nous concocte un ragoût aux lentilles plutôt savoureux.

Maël téléphone à son père pour le rassurer :

– Je vais très bien, affirme-t-il. Je reviendrai bientôt.

– …

– Mais non, je ne fais pas une fugue. Je t'expliquerai.

– …

– J'ai mes raisons papa ! Une raison… merveilleuse !

Nous échangeons un sourire radieux. Maël est dans le pétrin, avec moi ; POUR moi. Ça me fait chaud au cœur !

Lazaro éteint la lampe-tempête mais je n'arrive pas à m'endormir. Si mon père est innocent, qui a utilisé son couteau ? Et la dette, l'enveloppe pleine de dollars ? Et d'où sortent réellement Lazaro et Juliet ?

– *You look worried, Morgane*, susurre Black the Cat d'une voix pateline. *Try to get some sleep, my dear. Tomorrow is not going to be easy, I'm afraid.*

Je me redresse, les yeux écarquillés. Ce maudit matou me contemple d'un air narquois, perché sur un des réchauds. Je réplique avec fureur (mais mentalement, pour que les autres ne me prennent pas pour une cinglée !) :

– *You! You again? I'm tired of you, you stupid cat. It's all your fault. All that talk of death and the Ankou and crime... You're the one that brings bad luck!*

Mes remarques ne le troublent guère.

– *You think this is my fault? I didn't kill anybody. I'm just a ghost cat, I can't bite or scratch. I'm just trying to warn you.*

– Je sais bien que tu ne peux pas mordre ou griffer ! C'est bien gentil de m'avertir que les ennuis continueront demain, mais là je l'aide comment, mon pèrc ?

Black n'a pas le temps de répondre. La cave devient brusquement un vrai capharnaüm ! Deux types armés déboulent et nous mettent en joue :

– *All right, kids! Don't move! The game's over. Give us the cash, now!*

Juliet, Maël et Lazaro se réveillent en sursaut, l'air stupéfait. Mais...

Lazaro se lève, se dirige vers les agresseurs et remarque :

– *Finally! You are late. I was starting to worry. Calm down, everything is under control. I've got the cash.*

Lazaro est leur complice ? Il a peut-être rencontré les faux-monnayeurs au Mexique ?

Je me souviens de sa querelle avec Denver. Lazaro a sans doute accès aux passes de l'hôtel. Il a pu entrer dans notre chambre, voler le couteau et se débarrasser de l'Américain en le poignardant…

– *You have it?* reprend le premier bandit, un homme au visage étroit. *Give it to us, now!*

– *Yes! We don't have all day!* ajoute l'autre, un moche au nez pointu.

Lazaro soulève une vieille bâche, dans un coin, et révèle plusieurs ballots enveloppés de plastique.

– *Aha! Marvelous!* s'exclame le chef. *And now, I'm sorry, but we have to get rid of the witnesses.*

Les deux hommes pointent leurs armes vers nous. Mon sang se glace dans mes veines. Ils veulent liquider les témoins ! Je me serre contre Maël. Quelle ironie ! Rencontrer le garçon de mes rêves et mourir près de lui…

Il m'entoure de ses bras. Ses yeux lumineux ne quittent plus les miens. Juliet, immobile, regarde Lazaro…

Maël me repousse, fonce sur les bandits avec fureur et clame :

– *Don't touch her!* Va-t'en Morgane !

– *You fool*, gronde le chef. *I'm going to break your neck! I can't stand you French froggies anyway.*

Casser le cou de mon Maël ? Et puis quoi encore ? Et en plus, il le traite de grenouille ! Je lui saute dessus, je le griffe, je le mords jusqu'au sang ! L'homme hurle à pleins poumons. On l'entend sûrement jusqu'à Londres.

– ***Well done, Kid...*** chantonne la voix moqueuse de Black the Cat. ***YOU can bite and scratch better than any cat, or even any tiger, for that matter. I'm proud of you, Morgane.***

Il est bien gentil, Black the Cat, mais je préférerais qu'il m'offre une mitrailleuse plutôt que des compliments !

Lazaro plonge la main dans sa poche, en tire une poignée de poudre rougeâtre qu'il jette à la figure des deux types. Les bandits hurlent de douleur et éternuent comme des malades.

– ***Let's get out of here! Now! NOW!*** hurle Lazaro.

– Mais... C'était quoi, ça ? bredouille Maël.

– ***Pepper from the Kitchen!*** réplique le jeune Antillais. ***Follow me, and hurry!***

ENTERS SCOTLAND YARD

Maël attrape ma main et nous filons comme des lièvres à la suite de Lazaro et Juliet, qui détalent comme des lapins !

Nous cavalons tous les quatre comme des zèbres, traversons les couloirs et les cloîtres du vieux monastère, effrayons corbeaux et corneilles, galopons sur la lande jusqu'à l'échafaudage qui surmonte la scène.

Je regarde en arrière : les deux bandits foncent vers nous. Ils agitent leurs armes. Ils ne peuvent pas encore viser, à cause du poivre, mais dans quelques minutes…

– *Youngsters…* les jeunes… par ici… souffle une voix fluette.

Un homme mince et pâle du genre tête de fouine se tient sous l'échafaudage. Je reconnais Mortimer le maigrichon.

– *I called...* j'ai appelé la police. *They are coming. Come with me, I will hide you.*

Nous cacher ! Et comment ! Je voudrais être une petite souris ! Je fonce, précédée par Maël… qui s'écroule. Mortimer a sorti un revolver de sa poche et l'a frappé en plein front.

– *Don't listen to him!* hurle Lazaro. *He's the head of the gang.*

Le chef ? *Of course!* Évidemment ! Il possède les passes de l'hôtel, lui aussi.

Mortimer nous vise ! Lazaro, Juliet et moi nous figeons sur place. Maël, à terre, gémit doucement. Je m'agenouille près de lui.

Les deux types nous rejoignent, les yeux rouges, l'air mauvais et soufflant comme des phoques. Nous sommes perdus ! J'insulte mentalement Black the Cat :

– On va se faire flinguer, là ! Qu'est-ce que tu fiches ?

– *Be patient, my dear...*

– *Wait for it...* murmure Juliet. *It's time...*

– Le moment de quoi ?

– RECULE ! *Now!*

Lazaro m'empoigne sans cérémonie et m'entraîne en arrière. Juliet repousse Maël et… l'échafaudage s'écroule sur les bandits ! Des phares et des projecteurs s'allument un peu partout. Des policiers envahissent la lande, ils courent dans tous les sens comme des fourmis. Un personnage de haute taille, vêtu d'un complet de tweed un peu froissé, se dirige vers nous et déclare gravement :

– **May I introduce myself? Superintendent Francis Peterson, Scotland Yard.**

Lord Giraffe ! La ménagerie est au complet.

Nous nous retrouvons dans un des salons de l'hôtel, une pièce immense dont les tapis d'Orient et les antiques commodes ont connu des jours meilleurs.

Il ne manque que les bandits, en route pour la prison, mon père, encore détenu, et Black the Cat. Il se cache sûrement derrière un vieux buste de bronze.

– Tout a commencé il y a deux ans en Amérique centrale, commence le **Superintendent** Peterson qui, par chance, parle français. Votre père…

POLICE

Il m'adresse un bref salut et continue :

– Votre père a fait la connaissance de Gregory Denver, un trafiquant dont il ignorait les activités réelles. À cette époque, ses affaires marchaient mal. Denver lui a prêté pas mal d'argent.

– Mais pourquoi ?

– Monsieur Le Faou lui avait parlé de sa ferme isolée, près de la mer. Denver voulait l'utiliser plus tard, pour ses trafics. Seulement, la police mexicaine l'a arrêté pour un délit mineur. Il a fait quelques mois de prison. Votre père, lui, est rentré en France. Denver l'a retrouvé et attiré au **Land's End Event** car ses complices, Mortimer et les autres, s'y trouvaient déjà.

Les billets de concert gratuits ! C'était donc ça !

– Ils comptaient toujours utiliser sa ferme pour leur trafic de fausse monnaie, poursuit Peterson.

Je jette un coup d'œil à Juliet et Lazaro.

– Et eux ?

Le **Superintendent** affirme :

– Ils travaillaient à l'hôtel et ils ont appris par hasard l'existence du trafic et l'existence du« **priest hole** ». Après l'assassinat…

– Mortimer a tué Denver ?

– Oui. Ils se sont disputés à propos des faux dollars. Mortimer a volé et utilisé le couteau de votre père pour le compromettre. Lazaro et Juliet soupçonnaient la vérité. Ils ont alerté la police et vous ont cachés dans les souterrains. Ça a quand même failli mal tourner. Heureusement, je me trouvais déjà sur place. Scotland Yard soupçonnait Mortimer depuis un certain temps. Nous avons saboté l'échafaudage, juste à temps.

Il conclut en anglais :

– ***Quite a clever idea, I must say.***

– ***Yes, yes***, miaule une voix ironique. ***And you know what they say: all's well that ends well...***

Black the Cat ! Évidemment ! Il s'est perché sur son buste et me fixe de ses yeux d'émeraude.

Quand même...

J'observe à mon tour Lazaro et Juliet. Ils évitent mon regard. Je suis CERTAINE qu'ils ne sont pas de simples domestiques. Le commissaire n'est pas net non plus. Ils nous cachent des tas de choses...

– *Yes, yes, they are hiding a lot of things. You are probably right...* admet Black the Cat en tordant une dernière fois sa queue en point d'interrogation. *But that's another story. Enjoy the moment, Morgane. Your father is getting out of jail and you've found your first love in Cornwall.*

Il a raison ! *That's another story* ; c'est une autre histoire ! Moi, j'ai trouvé l'amour ici, en Cornouailles. Tout ça en quelques jours ! Je serre la main de Maël qui m'adresse un radieux sourire.

Et demain…

Demain, papa sera libre !

Demain, Maël et moi marcherons sur la lande, entourés de musique et de vent. Demain, et tous les autres jours. Que Juliet et Lazaro, Black the Cat et le commissaire Peterson s'enveloppent de mystères, peu m'importe. Demain nous appartient !

Lexique

A

five years **ago**
il y a cinq ans

a few bottles of **ale**
quelques bouteilles de bière

to be **anxious** for
attendre impatiemment

anyway
de toute façon

an **arm**
un bras

an **armchair**
un fauteuil

around here
par ici

B

the **back**
le dos

a **bank robbery**
un hold-up

lots of **beer**
beaucoup de bière

to **befriend**
prendre en amitié

to **beware of**
prendre garde à

to be **a bit** demanding
être quelque peu exigeant

to **bite**
mordre

to **borrow**
emprunter

brainless
stupide, sans cervelle

a **branch**
une ramification

to **break** somebody's neck
briser le cou à quelqu'un

until the **break** of day
jusqu'à l'aube

to **bring back**
ramener

British
britannique

the **British pound**
la livre anglaise

Brittany
la Bretagne

a **bum**
un vagabond

C

to **calm down**
se calmer

carved in stone
gravé dans la pierre

in that **case**
dans ce cas

the **Channel**
la Manche

a **charity organisation**
une organisation caritative

cheap
bon marché

Cheshire Cat
le chat dans *Alice au pays des merveilles*

the **chest**
la poitrine

the lower **class**
la classe populaire

the upper **class**
la haute société

a **claw**
une griffe

a **cloister**
un cloître

the **clothes**
les vêtements

a **clue**
un indice

a **coffin**
un cercueil

in **cold blood**
de sang-froid

to **come**
venir

to **confess**
avouer

Cornwall
Cornouailles

a **corpse**
un cadavre

counterfeit money
fausse monnaie

a **crook**
un escroc

to **cross**
traverser

a **crowd**
une foule

a **currency**
une devise

cursed
maudit

D

damn money
fichu argent

to **dare**
oser

a **deadline**
un dernier délai

deadly
mortel, elle

a **deathbed**
un lit de mort

demanding
exigeant, e

to do the **dishes**
faire la vaisselle

to **do** anything for
faire n'importe quoi pour

a **drug**
une drogue

dry
sec, sèche

E

an **eagle**
un aigle

easy
facile

to **enjoy**
aimer

especially
surtout

the four **Evangelists**
les quatre Évangélistes

eventually
finalement

ever again
plus jamais

exhausted
épuisé, e

to **explain**
expliquer

F

a **face**
un visage

fateful
fatidique

a **few**
quelques

fierce
féroce

a **fight**
une bagarre

fish and chips
poisson frit et frites

to be **flattered**
être flatté, e

to **follow**
suivre

a **fool**
un idiot

the **feet**
les pieds

a **foreigner**
un étranger

to **forget**
oublier

a **French**
un Français,
une Française

a **Frenchie**
un Français,
une Française *(familier)*

the **French froggies**
les grenouilles
françaises *(surnom des Français)*

a **fur**
une fourrure

G

to **get away from**
s'échapper

to **get rid of**
se débarrasser de

a **ghost**
un fantôme

to **go down**
descendre

to **go** home
rentrer chez soi

a **graveyard**
un cimetière

a **great-great grandfather**
un arrière-arrière-grand-père

a **guest**
un invité

guilty
coupable

a **guy**
un type

H

a **hammer**
un marteau

a **handful**
une poignée

to **hate**
détester

the **head** of the gang
le chef de la bande

a **headache**
un mal de tête

the **health**
la santé

a **hideout**
une cachette

a **hole**
un trou

honestly
honnêtement

to be **honoured**
être honoré

a **human being**
un être humain

to **hurry**
se dépêcher

I

indeed
en effet

to **introducc** oneself
se présenter

to be **involved**
être impliqué, e

to **iron**
repasser

J

to **get out of** jail
sortir de prison

a **jaw**
une mâchoire

K

a **kid**
un gamin

to **kill**
tuer

your **kind**
les gens de ton espèce

a **kitchen**
une cuisine

a **knife**
un couteau

a **knot**
un nœud

L

my sweet **lady**
ma belle dame

Land's End
pointe au sud-ouest de la Grande-Bretagne

last but not least
le détail le plus important

to be **late**
être en retard

to **look at**
regarder

to **look good**
avoir l'air en pleine forme

to **look for**
chercher

a **loser**
un perdant, une perdante

lots of
beaucoup de

M

a **manager**
un directeur

a **matter**
une affaire

for that **matter**
d'ailleurs

to **mean**
vouloir dire

a **meeting**
une rencontre

midnight
minuit

a **monk**
un moine

a **monkey**
un singe

a **motive**
un motif

N

a **nail**
un clou

a last **name**
un nom de famille

near
près de

now
maintenant

right now
en ce moment

O

an **octopus**
une pieuvre

an **orphan**
un orphelin

to **owe**
devoir (de l'argent)

an **ox**
un bœuf

P

packs of beer
des packs de bière

along your **path**
sur ton chemin

to **pay back**
rembourser

the **pepper**
le poivre

to **presume**
supposer

a **priest hole**
un trou, une cachette à prêtre

Q

quickly
rapidement

quite a clever idea
une très bonne idée

R

a little **rain**
un peu de pluie

a **rate**
un prix

the **reign**
le règne

to **remind** someone of something
rappeler quelque chose à quelqu'un

a **riot**
une émeute

a **robbery**
un vol

S

safe
sûr, e

a **sailor**
un marin

Sunday School
le catéchisme

to **scratch**
griffer

self-defense
la légitime défense

serious
grave

a big **serving**
une grosse portion

a **ship**
un bateau

to walk along the **shore**
marcher le long du rivage

silly
idiot, e

a **slum**
un bidonville

a **smuggler**
un contrebandier

somewhere
quelque part

sooner or later
tôt ou tard

sorrow
le chagrin

a lot of **space**
beaucoup de place

the **stairs**
les escaliers

to **stand**
supporter

to **stay**
rester

stone dead
raide mort, e

to make a long **story** short
bref ; pour résumer

a **street urchin**
un enfant des rues

a **stripe**
une rayure

a **superintendent**
un commissaire

a **surname**
un nom de famille

to **suspect**
soupçonner

T

to **talk about**
parler de

a **thief**
un voleur

things like that
ce genre de choses

to be awfully **thirsty**
mourir de soif

to **threaten**
menacer

a **thug**
un voyou

a **tiger**
un tigre

for the last **time**
pour la dernière fois

to be **tired** of
en avoir assez de

to be on the right **track**
être sur la bonne voie

to **travel** the world
parcourir le monde

to have a safe **trip**
faire bon voyage

true
vrai, e

the **two** of them
tous les deux

U

an **undertaker**
un croque-mort

W

to **wait for**
attendre

a **wall**
un mur

a **warning**
un avertissement

to **waste** one's time
perdre son temps

a **weapon**
une arme

the **weather**
le temps

for an entire **week**
toute une semaine

Western Europe
l'Europe occidentale

wet
humide

for a **while**
pendant un certain temps

a **wimp**
une mauviette

a **witness**
un témoin

all over the **world**
dans le monde entier

one of the **worst**
l'un(e) des pires

Y

not **yet**
pas encore

youngsters
les jeunes

Expressions à retenir

All's well that ends well.
Tout est bien qui finit bien.

Come on! Allez !

Curiosity killed the cat.
La curiosité est un vilain défaut.

Don't move! Pas un geste !

Don't worry. Ne t'inquiète pas.

Don't you dare! Je te le déconseille !

Everything is under control. Tout va bien.

Get lost! Va-t'en !

Go on! Continue !

Go to hell! Va au diable !

He's looking this way. Il regarde de ce côté.

I can't take it anymore! Je n'en peux plus !

It is awfully cold. Il fait très froid.

It's raining cats and dogs.
Il pleut des cordes, à verse.

I used to be a fisherman.
Je travaillais comme pêcheur.

I want my money back! Je veux mon argent !

Lazaro is fine for now.
Il suffit de dire Lazaro pour le moment.

Leave me alone! Laisse-moi tranquille !

Let's get out of here! Sortons d'ici !

Let's go! Allons-y !

Mark my words. Croyez-moi sur parole.

My English is not very good.
Je ne parle pas très bien anglais.

Nice to meet you! Ravi(e) de te rencontrer !

Poor devil! Pauvre diable !

Stop that at once! Arrêtez immédiatement !

That's another story. C'est une autre histoire.

The game's over. On ne joue plus.

There are five of us. Nous sommes cinq.

Those were hard times! C'était une époque difficile !

Try to get some sleep. Essaie de dormir.

What about my father? Et mon père alors ?

Well done! Bravo !

Words fail me. Les mots me manquent.

You look worried. Tu as l'air inquiet(ète).

You're the one that brings bad luck!
C'est toi qui portes malheur !

PAPIER À BASE DE FIBRES CERTIFIÉES

HARRAP s'engage pour l'environnement en réduisant l'empreinte carbone de ses livres. Celle de cet exemplaire est de : 450 g éq. CO_2 Rendez-vous sur www.larousse-durable.fr

Achevé d'imprimer en Espagne par Unigraf
Dépôt légal : mai 2017
318988-01/11034464 – mai 2017